Bella, la fée des lapins

Pour Evie Tolley,

une merveilleuse filleule magique

Un merci tout particulier à

Narinder Dhami

Catalogage avant publication
de Bibliothèque et Archives Canada

Meadows, Daisy
Bella, la fée des lapins / Daisy Meadows ;
illustrations de Georgie Ripper ;
texte français de Dominique Chichera.

(L'arc-en-ciel magique. Les fées des animaux ; 2)
Traduction de: Bella, the bunny fairy.
Pour les 4-8 ans.

ISBN 978-0-545-98268-9

I. Ripper, Georgie II. Chichera, Dominique III. Titre. IV. Collection:
Meadows, Daisy. Arc-en-ciel magique. Les fées des animaux ; 2.

PZ23.M454Be 2010   j823'.92   C2009-905671-2

Édition publiée par les Éditions Scholastic,
604, rue King Ouest, Toronto (Ontario) M5V 1E1

5 4 3 2 1   Imprimé au Canada 116   10 11 12 13 14

Sources mixtes
Groupe de produits issus de forêts bien
gérées, de sources contrôlées et de bois
ou fibres recyclés
www.fsc.org Cert no. SW-COC-000952
© 1996 Forest Stewardship Council
FSC

Bella
la fée des
lapins

Daisy Meadows

Illustrations de Georgie Ripper

Texte français de Dominique Chichera-Mangione

Le palais
du Royaume
des fées

Le village de Beauvallon

La ferme
des pins
verts

L'exposition
de printemps

Les écuries des voltigeurs

Le château de glace du Bonhomme d'Hiver

La maison de Jeanne Doucet

parc

La maison de Karine

La maison de Jérôme Delavaux

La maison de la famille Picard

Les fées ont toutes un animal de compagnie,
Et moi je n'ai même pas une petite souris.
Je vais donc partir en chasse
Et les attirer dans mon château de glace.

J'ai jeté un sort dans le but héroïque
De m'approprier ces animaux magiques.
Bientôt, les fées verront avec effroi
Leurs sept compagnons vivre chez moi!

Table des matières

Le lapin de Pâques   1

Disparition   13

Bella fait son apparition   25

Des lapins partout!   33

À la poursuite des gnomes!   43

Une fête de Pâques magique   55

Le lapin de Pâques

— N'est-ce pas une journée idéale pour une fête? dit Karine Taillon en levant les yeux vers le ciel bleu saphir.

Sa meilleure amie, Rachel Vallée, acquiesce d'un signe de tête et tend à Karine un œuf en chocolat. Rachel séjourne chez Karine pour les vacances de printemps et les fillettes s'amusent à cacher des œufs de Pâques.

Elles préparent la fête de Pâques pour
Jeanne, la fillette de cinq ans de M. et
Mme Doucet. La famille Doucet vit un peu
plus loin, dans la même rue que Karine.

— Il y a quelques bonnes cachettes par ici,
dit Rachel.

Elle promène son regard sur le magnifique
jardin avec sa pelouse verte et ses parterres de
fleurs de toutes les couleurs. Elle se met à
genoux et cache l'œuf sous un arbuste.

— Jeanne et ses amis vont aimer la chasse aux œufs de Pâques, continue Rachel.

— Ils vont bien s'amuser, renchérit Karine en cachant un œuf derrière la mangeoire des oiseaux.

— Sais-tu combien d'enfants sont invités à la fête? demande Rachel.

— Onze! réplique Karine, les yeux pétillants. M. et Mme Doucet sont très contents de pouvoir compter sur notre aide! Ils sont amis avec mes parents depuis très longtemps et Jeanne est tellement adorable!

Elle baisse alors le ton, et ajoute :

— Rachel, crois-tu que nous trouverons un autre des animaux disparus, aujourd'hui?

— Je l'espère, répond Rachel dans un murmure. Ouvrons grand les yeux!

Rachel et Karine partagent un secret. Elles se sont liées d'amitié avec des fées! Chaque fois qu'il y a des problèmes au Royaume des fées, les fillettes sont toujours heureuses d'apporter leur aide. Mais les ennuis se traduisent presque toujours par les mauvais coups du Bonhomme d'Hiver et de ses gnomes.

Cette fois, le Bonhomme d'Hiver est furieux parce qu'il ne possède pas d'animal de compagnie. Il a enlevé les sept animaux magiques qui appartiennent aux fées des animaux! Ils ont tous été emmenés au château de glace, mais les petits garnements se sont échappés dans le monde des humains. Le Bonhomme d'Hiver a alors chargé ses gnomes de les capturer et de les ramener!

Sans leurs animaux magiques, les fées des animaux ne peuvent pas aider les animaux perdus ou en danger dans le monde des humains. Les fillettes sont bien déterminées à trouver les animaux magiques avant les gnomes du Bonhomme d'Hiver!

— Nous avons pris un bon départ, fait remarquer Karine. Kim, la fée des chatons, a été si heureuse lorsque nous lui avons redonné son chaton magique, Éclair.

À cet instant, une jolie petite fille aux longs cheveux blonds et bouclés se présente à la porte arrière et fait de la main un signe de bienvenue.

— Bonjour Karine! Bonjour Rachel! s'écrie-t-elle.

Jeanne était occupée à l'étage à mettre sa

jolie robe rose pour la fête lorsque les fillettes sont arrivées. Elle se précipite vers Karine et Rachel avec enthousiasme, le visage rayonnant.

— Tous mes amis vont venir à la fête, Karine! Il y aura une chasse aux œufs de Pâques, et maman et papa vont me donner un cadeau de Pâques spécial! lance-t-elle à bout de souffle.

— Tu as bien de la chance! répond Karine en souriant tandis que M. et Mme Doucet

sortent dans le jardin à la suite de leur fille.

— Jeanne, allons finir de préparer les cadeaux pour tes invités, dit Mme Doucet en s'apercevant que Rachel et Karine ont encore quelques œufs à cacher. Je crois que Rachel et Karine sont occupées!

Elle rentre dans la maison avec Jeanne. M. Doucet se tourne vers les fillettes :

— C'est très gentil à vous de nous aider, dit-il avec reconnaissance. Il y a tant à faire!

Puis il sourit et ajoute :

— Aimeriez-vous voir le cadeau de Pâques de Jeanne?

Les fillettes hochent la tête et M. Doucet les emmène dans le garage. Sur l'établi, Rachel et Karine voient une boîte en carton percée de trous. Puis elles regardent à l'intérieur et découvrent

un lapin noir et duveteux avec de longues
oreilles, niché au creux d'un lit de paille.

— Oh! il est si mignon!
s'écrie Rachel.

M. Doucet leur
adresse un sourire.

— Oui, c'est
certain. Elle nous
harcèle depuis
longtemps pour
en avoir un!

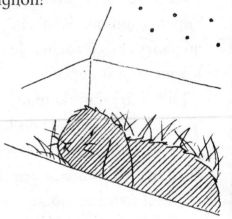

Rachel se tourne vers Karine.

— Nous ferions mieux de finir de cacher
les œufs, dit-elle. Les invités vont bientôt
arriver! Merci de nous avoir montré la
surprise, monsieur Doucet.

Aussitôt, les fillettes cachent les œufs restants
derrière les pots de fleurs, les arbres et la
remise. Juste au moment où Karine pose le
dernier œuf derrière un bouquet de jonquilles,

elle entend tinter la sonnette de la porte
d'entrée.

— Voilà les invités! lance Rachel en
souriant.

Une quinzaine de minutes plus tard, tous les
invités sont arrivés. Jeanne sillonne le jardin
avec ses amis à la recherche des œufs en
chocolat.

— J'en ai trouvé un! crie-t-elle, les joues
rouges d'excitation.

— C'est bien! souffle Karine en riant.

Elle observe la scène depuis la terrasse en compagnie de son amie Rachel. Des cris de joie se font entendre lorsque d'autres enfants trouvent, eux aussi, des œufs.

— Oh! venez voir! s'écrie soudain une petite fille vêtue d'une robe jaune.

Rachel et Karine se précipitent vers elle. Elle est agenouillée au pied d'un arbre et regarde le tronc avec insistance.

— Je viens de voir le lapin de Pâques! dit-elle, le souffle coupé.

Rachel et Karine la regardent d'un air étonné. Elles n'ont pas caché de lapin en peluche!

— Où? demande Rachel.

La fillette montre du doigt un trou dans le tronc de l'arbre.

— Il est sorti par là, mais il est rentré de nouveau, dit-elle.

— Comment sais-tu qu'il s'agissait du lapin de Pâques? demande Karine.

— Parce qu'il était rose vif! réplique la petite fille.

Rachel et Karine échangent un regard surpris. Puis Rachel observe de plus près le trou dans l'arbre. Soudain, son cœur fait un bond. Elle est certaine d'avoir vu une petite lueur de magie féerique!

Disparition

Rachel donne un coup de coude à Karine, qui vient d'envoyer la petite Jeanne à la recherche d'autres œufs.

— Regarde! murmure-t-elle.

Karine regarde fixement la brume magique scintillante qui flotte devant le tronc de l'arbre. Ses yeux se mettent à briller.

— La magie des fées! souffle-t-elle. Rachel, crois-tu que...

Mais avant qu'elle finisse sa phrase, un cri provenant de l'autre bout du jardin se fait entendre.

— J'ai vu le lapin de Pâques, moi aussi!

Un garçon montre du doigt un gros buisson feuillu et bombe le torse avec fierté.

Karine et Rachel se précipitent vers lui. Elles ont de la peine à en croire leurs yeux, mais il y a un magnifique lapin aux poils touffus couleur lilas assis sous le buisson! Comme Karine se penche pour écarter les feuilles, le lapin disparaît dans un nuage d'étincelles violettes.

— Il s'agit bien de la magie des fées! murmure Karine. Le lapin

doit être un des animaux magiques!

— Oui, et je parie que c'est le lapin magique de Bella! ajoute Rachel.

À présent, tous les enfants veulent voir le lapin de Pâques.

— Où est parti le lapin de Pâques? demande une petite fille d'un air désappointé.

— Je ne sais pas, répond vivement Karine. Pourquoi ne vas-tu pas chercher d'autres œufs en attendant que nous le retrouvions?

— Cherchons plutôt le lapin de Pâques! suggère Jeanne.

Tous les enfants acquiescent et se dispersent dans le jardin en criant « Lapin! Où es-tu? »

— Nous devons retrouver le lapin et le

rendre à Bella, chuchote Karine à Rachel. Heureusement, je ne vois aucun gnome à l'horizon! Je me demande où peut bien être le lapin.

Soudain, Rachel écarquille les yeux et saisit le bras de son amie.

— Regarde la table de pique-nique!

M. et Mme Doucet ont posé plein de bonnes choses sur la table pendant que les enfants cherchaient les œufs. Ils viennent juste de rentrer dans la maison pour aller chercher d'autres plats.

À ce moment-là, les fillettes voient une gerbe d'étincelles dorées qui tourbillonne au-dessus de la nourriture!

Les fillettes se précipitent vers la table. Assis près d'un grand plat de salade, le lapin magique grignote une carotte. Il a pris la couleur du soleil, maintenant!

Jeanne l'aperçoit avant même que Karine et Rachel ne réagissent.

— Le lapin de Pâques! s'écrie Jeanne. Et le groupe d'enfants se rue vers la table.

— Faites attention, dit Rachel d'un ton anxieux.

Le lapin pourrait-il disparaître de nouveau s'il est effrayé?

Mais Jeanne s'avance vers la table et caresse doucement la tête duveteuse du lapin. Il paraît très content qu'on s'occupe de lui.

— N'est-il pas mignon? lance Jeanne en souriant. J'aimerais avoir mon lapin à moi!

— Nous devrions éloigner le lapin avant que M. et Mme Doucet reviennent, chuchote Karine à Rachel. Je ne sais pas quelle explication nous pourrons donner au sujet de ce lapin jaune. Nous pouvons l'emmener chez moi!

Rachel acquiesce d'un signe de tête.

— Le lapin est très fatigué, explique-t-elle à Jeanne et à ses amis en le prenant doucement

dans ses bras. Il va rentrer chez lui maintenant, alors dites-lui au revoir.

— Au revoir, lapin de Pâques! crient les enfants en lui faisant de grands signes de la main.

Puis ils s'empressent de se remettre à la chasse aux œufs.

— Je vais dire à M. et Mme Doucet que nous devons rentrer bien vite chez nous pour

faire quelque chose, murmure Karine à Rachel en entrant dans la maison.

Puis les deux fillettes emportent le lapin, sortent du jardin par la porte de côté qu'elles ferment soigneusement derrière elles.

— Comment allons-nous faire pour garder le lapin en sécurité jusqu'à ce que Bella, la fée des lapins, vienne ici? demande Rachel tandis que les deux amies longent une allée envahie par la végétation près de la maison.

— Elle ne doit pas être loin, réplique Karine,

mais nous pourrions peut-être utiliser la poudre magique qui se trouve dans nos médaillons pour ramener le lapin nous-mêmes au Royaume des fées.

Avant que Rachel puisse répondre, les fillettes entendent un rire moqueur résonner au-dessus de leur tête. Inquiètes, elles lèvent les yeux. Quatre gnomes sont assis sur la branche d'un gros chêne et sourient en baissant les yeux vers elles!

— Oh non! souffle Rachel.

— Partons d'ici! murmure Karine.

Les deux fillettes remontent l'allée en courant lorsque, soudain, le sol semble se dérober sous leurs pieds.

— Au secours! crie Karine en tombant dans un gros trou.

Rachel est trop surprise pour crier, mais heureusement, elle réussit à garder le lapin magique dans ses bras malgré sa chute. Les deux fillettes atterrissent sur un lit moelleux

de feuilles et se lancent un regard horrifié.

— Les gnomes doivent avoir creusé ce trou et l'ont recouvert de branches, souffle Karine. Ils nous ont tendu un piège!

— Et nous sommes tombées en plein dedans! grogne Rachel.

— Ah! ah! ah! ricanent les gnomes d'un ton joyeux en regardant les fillettes dans le trou.

— En plus du lapin magique, nous avons aussi attrapé deux petites pestes! crie un gnome. Hourra!

Bella fait son apparition

Au moment où Rachel et Karine se relèvent, les gnomes se penchent au-dessus du trou. Avant même que les fillettes puissent l'en empêcher, un des gnomes tend le bras et prend le lapin magique des mains de Rachel. Désemparé, le lapin se tortille dans tous les sens.

— Rends-moi ce lapin! crie Rachel en essayant de sortir du trou.

— Viens le chercher! se moquent les gnomes.

Ils contournent la maison en courant et se dirigent vers le jardin à l'avant, en ricanant de plus belle.

— Nous ne pouvons pas les laisser s'en aller! s'empresse de dire Karine.

Elle essaie, elle aussi, de sortir du trou, mais il est un peu trop profond pour que les fillettes arrivent à s'en extirper.

Juste à cet instant, une voix argentine résonne dans les airs.

— Attendez, les filles, je m'en viens!

Rachel et Karine lèvent les yeux. Une petite fée s'approche. Elle fend l'air sur une grande feuille de chêne vert. Ses longs cheveux flottent au vent derrière elle.

— C'est Bella, la fée des lapins! lance Karine d'un ton joyeux.

Bella s'arrête au-dessus de Rachel et Karine et leur fait un signe de la main. Elle porte une magnifique robe verte, ornée d'un tournesol de perles à la taille et au cou, et des chaussures dorées.

— Nous sommes tellement contentes de te voir, Bella, dit Rachel avec reconnaissance. Mais je crains que les gnomes se soient sauvés avec ton lapin. Nous sommes désolées!

Bella hoche la tête.

— Je savais que Roméo était quelque part, ici! s'écrie-t-elle. Ne vous inquiétez pas, ces gnomes ne doivent pas être allés bien loin. Je vais vous sortir de là en deux temps trois mouvements! Elle lève sa baguette magique et une pluie d'étincelles dorées enveloppe les fillettes.

Rachel et Karine retiennent leur souffle; elles sentent qu'elles deviennent aussi petites que les fées et que des ailes apparaissent dans leur dos.

— Excellente idée, Bella! s'écrie Rachel.

Elle éclate de rire, car elle sort facilement du trou en volant, suivie de Karine.

— Que faire maintenant? demande Karine. Comment allons-nous trouver les gnomes?

Les trois amies volettent dans les airs en faisant battre leurs ailes.

À cet instant, un cri de colère s'élève dans le jardin.

— Suivons ce cri! lance Bella en virevoltant dans les airs vers l'avant de la maison.

Rachel et Karine se précipitent derrière elle. Peu après, les trois amies sont dans le jardin devant la maison et regardent fixement le coin.

Les gnomes sont accroupis derrière les buissons situés sous une fenêtre ouverte. Ils se disputent âprement.

L'un d'entre eux, le plus grand, tient Roméo dans ses bras.

— Voilà mon lapin! murmure Bella en désignant le petit animal qui semble effrayé. Les filles, nous devons le sauver!

Des lapins partout!

Les gnomes, trop occupés à se disputer, n'ont pas remarqué Rachel, Karine et Bella qui les observent.

— Tu vas le faire! gronde un gnome.

— Non, c'est toi qui vas le faire! réplique un autre.

— Je ne vais pas grimper là-haut! déclare le premier gnome en montrant du doigt la fenêtre ouverte. Je pourrais tomber et me faire mal!

— Poltron! s'écrie le gnome qui tient Roméo.

— Pourquoi se disputent-ils? murmure Rachel.

— Regarde! réplique Karine en désignant la fenêtre ouverte de la cuisine.

Un gros panier rempli d'œufs de Pâques en chocolat est posé sur le rebord de la fenêtre.

— Tu sais à quel point les gnomes sont gourmands. Ils veulent ces œufs en chocolat! poursuit-elle.

Sous la fenêtre s'élève un treillis où s'accrochent des roses grimpantes. Un des gnomes tente de l'escalader, mais il perd l'équilibre et retombe nerveusement sur le sol.

— Qu'est-ce qui ne va pas chez toi? se moque un autre gnome. Espèce de poule mouillée!

— Ce n'est pas vrai! gronde furieusement le gnome grimpeur.

— Pauvre Roméo! s'écrie Bella en jetant un regard anxieux sur son lapin. Il tremble de peur!

— Pourquoi ne disparaît-il pas comme il l'a fait auparavant? demande Karine.

Bella hoche la tête d'un air triste.

— Roméo ne peut pas disparaître si quelqu'un le tient ou s'il a peur! explique-t-elle. Nous devons trouver une façon de le récupérer!

Tandis que Karine et Bella sont plongées dans leur discussion, Rachel observe le panier. Un lapin en peluche bleue est assis au milieu des œufs en chocolat. Il ressemble beaucoup à Roméo! Soudain, Rachel a une idée.

Ravie, elle se tourne vers la petite fée.

— Bella, je crois savoir comment récupérer Roméo! Pourrais-tu nous redonner notre taille habituelle?

Bella acquiesce d'un signe de tête. Elle agite
sa baguette magique et, en un instant, les deux
fillettes retrouvent leur taille normale.

— Nous devons aller à l'intérieur, dit
Rachel à voix basse.

Intriguées, Karine et Bella suivent Rachel
jusqu'à la porte de côté. Comme Rachel
l'ouvre, Bella vole se cacher
dans sa poche. Puis, les
fillettes pénètrent dans
le jardin arrière où les
enfants continuent de
chercher des œufs.

M. et Mme Doucet
placent les assiettes sur
la table de pique-
nique.

— Madame Doucet, puis-je emprunter le
lapin bleu du panier rempli d'œufs de Pâques
qui se trouve dans la cuisine? Je
vous promets de le rapporter, dit
Rachel.

Mme Doucet paraît surprise,
mais donne son accord.

Rachel et Karine lui
sourient et pénètrent dans la
cuisine. Rachel lance un coup
d'œil vers le jardin et voit que les gnomes se
disputent toujours sous la fenêtre. Elle saisit
alors le lapin en peluche bleue et secoue
légèrement le panier. Quelques œufs font une
culbute et tombent de la fenêtre jusqu'au sol.

— Voilà, cela va occuper les gnomes
pendant quelques minutes de plus! déclare
Rachel d'un ton calme.

Karine se penche par-dessus l'appui de la

fenêtre et voit que les gnomes se sont jetés sur
les œufs en chocolat et qu'ils les gobent les uns
après les autres.

— Nous pouvons sortir maintenant,
murmure Rachel.

Karine et ses amies sortent de la maison,
franchissent la porte de côté et contournent le
trou que les gnomes ont creusé dans l'allée.

— Karine, pourrais-tu couvrir le trou avec des branchages et des feuilles comme l'avaient fait les gnomes? demande Rachel.

Karine acquiesce d'un signe de tête et place quelques branches tombées au-dessus du trou.

— Bella, il nous faut un long morceau de ficelle, dit Rachel. Peux-tu nous aider?

— Bien sûr, répond Bella.

Elle sort de la poche de Rachel et agite sa baguette. Aussitôt, dans un grand nuage d'étincelles, un long morceau de ficelle dorée apparaît dans l'allée.

Rachel saisit la ficelle. Elle en noue une extrémité autour du lapin en peluche bleu. Karine et Bella l'observent avec stupéfaction. Elles ne savent vraiment pas ce que prépare Rachel!

— Tout est prêt! déclare celle-ci avec un sourire en finissant de serrer le nœud. À présent, il ne nous manque plus que l'aide de Roméo pour être sûres que mon plan va réussir!

À la poursuite des gnomes!

— Dis-moi ce que doit faire Roméo,
s'empresse de demander Bella.

— Il faut qu'il échappe aux gnomes pendant
quelques minutes, explique Rachel en agitant le
lapin en peluche dans les airs. Nous essaierons
alors de créer la confusion parmi eux!

— Tu veux dire que l'on va faire croire aux gnomes que le lapin en peluche est Roméo? s'étonne Karine. Mais pour cela, Roméo devra être...

— Bleu! s'exclame Bella. Pas de problème!

Levant sa baguette, elle se met à écrire dans les airs. Comme une bougie étincelante, la baguette laisse derrière elle une traînée scintillante de lettres bleues, de la même couleur que le lapin en peluche. Les lettres qui s'affichent sont :

— Parfait! déclare Rachel en souriant.

— Maintenant, Roméo sait très précisément quelle nuance de bleu il doit prendre! dit Bella en lui rendant son sourire.

Tandis que les lettres restent affichées dans le ciel, elle secoue légèrement sa baguette et les envoie flotter vers le côté de la maison où se trouve son animal magique. Les fillettes les suivent, pressées de voir ce qui va se passer. Elles entendent les gnomes qui se chamaillent bruyamment.

— C'est à moi! Rends-le-moi!

— Vous en avez eu beaucoup, espèces de gourmands!

— Qui traites-tu de gourmands?

Les gnomes continuent à se disputer les œufs en chocolat.

Rachel et Karine jettent un coup d'œil sur le côté de la maison tandis que le message de Bella flotte vers Roméo. Elles s'aperçoivent que le nez du petit lapin frémit. C'est à ce moment que, très lentement, son pelage jaune soleil commence à prendre exactement la même nuance de bleu que le lapin en peluche! Au même instant, le message magique de Bella se dissipe dans les airs.

Soudain, un des gnomes remarque que Roméo est maintenant bleu vif. Il n'en croit pas ses yeux.

— Regardez! s'écrie-t-il en sautillant sur place. Le lapin est devenu bleu!

Il regarde d'un air suspicieux le grand gnome qui tient Roméo.

— Que lui as-tu fait?

— Rien! rétorque le grand gnome. Ce n'est pas ma faute!

— Ah! Ah! lance un autre gnome en ricanant d'un air suffisant. Si le Bonhomme d'Hiver veut un lapin jaune au lieu d'un lapin bleu, tu vas avoir des ennuis!

Alors les gnomes se mettent à se disputer pour savoir qui a changé la couleur du lapin. Rachel pose le lapin en peluche sur le sol. Elle tient dans une main l'extrémité de la ficelle et se tourne vers Bella.

— S'il te plaît, transforme-nous de nouveau en fées, murmure-t-elle.

Aussitôt que Rachel et Karine ont retrouvé leurs ailes, elles s'envolent. Karine aide Rachel à tenir l'extrémité de la ficelle. Le lapin en peluche est trop lourd pour que Rachel le porte maintenant qu'elle a la taille d'une fée!

— Il faut que Roméo s'échappe et emmène les gnomes loin d'ici, dit Rachel à Bella.

Bella acquiesce d'un signe de tête et se met de nouveau à écrire dans le ciel avec sa baguette. Cette fois, le message se lit comme suit :

SUIS-MOI

Rachel, Karine et Bella observent le message qui flotte vers le côté de la maison en direction de Roméo. Les gnomes se bousculent et se battent. Celui qui tient Roméo dans ses bras est tellement fâché qu'il n'arrête pas de sauter. Les filles s'aperçoivent alors qu'il ne tient plus le lapin aussi fermement.

Aussitôt que Roméo voit le message de Bella, il se met à gigoter et à donner des coups de patte. Le gnome est pris par surprise! En un instant, Roméo s'est libéré et court vers le côté de la maison.

— Quel maladroit! grondent les autres gnomes. Tu as laissé filer le lapin! Il ne te reste plus qu'à courir après lui!

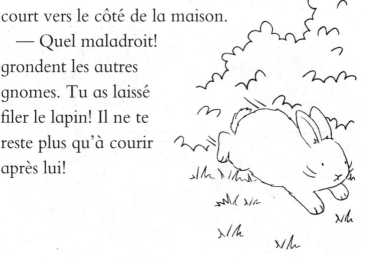

Tandis que Roméo se sauve à toute vitesse
et se dirige vers Bella, il commence à rétrécir
et à prendre la taille d'un animal magique.
Puis, le minuscule lapin bleu fait un bond et
décolle du sol! Il file gaiement dans les airs vers
Bella.

— Beau travail, Roméo! s'écrie Bella.
Maintenant, viens avec moi!

Rachel et Karine sourient en voyant la fée serrer le lapin dans ses bras.

Alors que Bella et Roméo s'éloignent en volant pour se cacher derrière un arbre, Rachel se tourne vers Karine et dit à voix basse :

— Voilà les gnomes! Es-tu prête?

Karine acquiesce d'un signe de tête.

Quelques instants plus tard, les gnomes s'élancent vers le côté de la maison en grondant et en poussant des hurlements.

— Il est là! crie le grand gnome, en désignant du doigt le lapin en peluche assis dans l'allée. Attrapez-le!

— Fonce vers le piège, Karine! murmure Rachel.

Les deux fillettes volent et tirent sur la ficelle pour faire sautiller le lapin bleu sur le sol. Rachel s'était demandé si les gnomes verraient la ficelle, mais il n'en est rien. Ils gardent les yeux fixés sur le lapin en peluche. Ils se précipitent à sa poursuite et tombent dans le piège!

Une fête de
Pâques magique

Rachel et Karine continuent à voler le long de l'allée, en ralentissant un peu pour laisser les gnomes se rapprocher du lapin. Les fillettes le font bondir sur les branchages et les feuilles qui recouvrent le trou.

— Je l'ai! crie un des gnomes d'un air triomphant en tendant le bras pour saisir le lapin.

— Non, laisse-le-moi! crie un autre.

— Je veux pouvoir dire au Bonhomme d'Hiver que c'est moi qui l'ai capturé! hurle un troisième.

Les quatre gnomes s'élancent en même temps pour attraper le lapin et sautent sur les branchages et les feuilles qui cèdent aussitôt. Les gnomes tombent tous dans le trou en

poussant des hurlements. Au passage, ils tirent sur la ficelle qui échappe des mains de Karine, et emportent le lapin en peluche avec eux.

Les fillettes échangent fièrement un sourire.

— Quel plan formidable! s'écrie Karine.

Elles volettent au-dessus du trou et regardent les gnomes se remettre difficilement sur leurs pieds.

— Pris à notre propre piège! grommelle le grand gnome.

— C'est de ta faute! l'accuse un des autres gnomes. Si tu n'avais pas perdu le lapin, nous ne serions pas là!

— Au moins, nous avons récupéré le lapin, ajoute un troisième gnome.

Il soulève le lapin et pousse un cri de rage.

— Ce n'est pas le lapin magique ! C'est un lapin en peluche!

Rachel et Karine éclatent de rire en le voyant lancer le lapin en peluche hors du trou d'un air dégoûté.

— Heureusement que les gnomes ne sont pas très intelligents! dit Rachel.

Elle vole en compagnie de Karine pour retrouver Roméo et Bella qui sont sortis de leur cachette derrière l'arbre.

— Merci, les filles! s'écrie Bella, les yeux brillants de joie. Roméo est en sécurité et c'est grâce à vous!

— Cela nous a fait plaisir de donner un coup de main, réplique Rachel.

Roméo trottine vers l'épaule de Rachel et se blottit contre son oreille en signe de reconnaissance. Puis il frotte son nez contre celui de Karine pour la remercier.

Soudain, le petit lapin se tourne vers Bella, sa maîtresse la fée, et lui parle en remuant le nez furieusement.

— Mesdemoiselles, annonce Bella après un moment, Roméo vient de me dire qu'il est venu ici parce qu'il y a, dans le voisinage, un lapin qui a besoin de son aide. Il est perdu!

Pendant que Bella parle, Karine remarque quelque chose du coin de l'œil : un petit lapin noir sort son nez d'un buisson et lève les yeux vers elle.

— Rachel, regarde! souffle-t-elle. Je suis sûre que c'est le lapin de Jeanne. Il doit s'être échappé de sa boîte!

Rachel voit le lapin noir et acquiesce d'un signe de tête.

— Mais comment a-t-il fait pour sortir? se dit-elle à voix haute.

— Les enfants, vous pouvez ouvrir les cadeaux maintenant!

La voix de Mme Doucet retentit dans le jardin, suivie par les cris de joie des enfants.

Karine semble préoccupée.

— Nous devons remettre le lapin dans sa boîte avant que Jeanne ne l'ouvre!

— Bella, peux-tu nous ramener à notre état normal? s'empresse de demander Rachel.

Aussitôt, Bella agite sa baguette. Dès qu'elle a retrouvé sa taille normale, Karine traverse la pelouse sur la pointe des pieds en direction du lapin noir.

Il la regarde fixement de ses grands yeux sombres. Au grand soulagement de Karine, le lapin se laisse attraper.

— Allons-y! dit Rachel en soulevant le lapin en peluche du sol et en dénouant la ficelle.

Karine et Rachel se précipitent vers le garage, suivies de Bella et de Roméo qui volent dans les airs.

Les fillettes voient les enfants se rassembler autour de M. et Mme Doucet dans le jardin, mais, par chance, personne ne remarque leur présence.

— Regardez! s'écrie Bella en pointant sa baguette sur la boîte en carton du lapin. Voilà comment le lapin s'est échappé!

Rachel et Karine examinent attentivement la boîte et se rendent compte que le carton a été mâché et qu'un grand trou a été fait dans un côté. Karine fait rentrer tout doucement le petit lapin par le trou. Puis, Bella agite sa baguette. Un nuage d'étincelles tourbillonne autour de la boîte et referme le trou.

— Maintenant, il est temps d'offrir à Jeanne son cadeau spécial! annonce M. Doucet en se dirigeant vers le garage.

— Sortons d'ici! murmure Bella.

Aussitôt, elles sortent précipitamment du garage, puis elles reviennent à la porte de côté pour avoir vue sur le jardin et ne pas manquer le moment où Jeanne va ouvrir son cadeau.

La petite fille paraît très excitée devant la boîte que son père pose sur la pelouse. Elle ouvre les volets du couvercle et pousse un cri de joie.

— Un lapin! Mon lapin à moi!

Elle plonge les bras dans la boîte, soulève doucement le lapin et le serre contre elle.

— Regarde! s'exclame Karine en donnant un coup de coude à Rachel. Est-ce simplement le soleil ou vois-tu des étincelles magiques

autour de Jeanne et de son lapin?

— Tu as raison, il y a des étincelles magiques, répond Rachel en souriant.

— Je vais l'appeler Praline! déclare Jeanne à ses parents d'un ton radieux.

— Regarde Roméo! murmure Karine à Rachel.

Le lapin magique semble aussi heureux que Jeanne. Roméo est tellement excité qu'il prend tour à tour les différentes couleurs de l'arc-en-ciel, du rouge au violet.

— Il est temps pour nous de partir, dit Bella en caressant la fourrure de Roméo. Merci de votre aide, les filles. Amusez-vous bien pendant le reste de la fête!

Elle envoie des
baisers aux deux
fillettes et Roméo
remue son petit nez,
une fois pour Rachel
et une fois pour
Karine. Puis, Bella
agite sa baguette
magique et elle
disparaît avec
Roméo dans une
pluie de poudre magique.

— Passons à la distribution des œufs en chocolat, les enfants! déclare M. Doucet.

Rachel se précipite et repose le lapin en peluche dans le panier contenant les œufs. Les enfants se réunissent autour de Mme Doucet qui distribue les œufs en chocolat.

— Une belle fin pour de Joyeuses Pâques! dit Karine.

Rachel sourit en observant les enfants.

— Oui, approuve-t-elle, ravie. Tous les lapins ont retrouvé leur maîtresse respective!

L'ARC-EN-CIEL magique

LES FÉES DES ANIMAUX

Rachel et Karine ont aidé Kim et Bella
à retrouver leurs animaux magiques.
Pourront-elles aider

Gabi, la fée des cochons d'Inde?

La fête à la ferme

— Ce doit être le plus mignon de tous les
animaux de la ferme des pins verts! déclare
Rachel Vallée, les yeux brillants, en prenant le
petit agneau dans ses bras. Il est tellement
adorable!

— Et affamé aussi, ajoute sa meilleure amie,
Karine Taillon.

Elle incline le biberon de lait dont elle se sert
pour nourrir l'agneau tandis qu'un employé de

la ferme l'observe.

— Il a déjà presque tout fini!

Rachel et Karine s'amusent beaucoup à la ferme des pins verts. Elles ont déjà vu un groupe de petits canetons s'aventurer à prendre leur premier bain dans l'étang. Elles ont fait une promenade sur le dos d'un poney Shetland appelé Camel et maintenant, elles ont la chance de donner le biberon à quelques agneaux!

Rachel pose délicatement l'agneau par terre et les deux fillettes le regardent vaciller en essayant de rejoindre les autres agneaux dans le pré.

— J'ai vu un écriteau qui indiquait la direction pour se rendre au « Coin des animaux de compagnie », dit Rachel en lançant à Karine un coup d'œil entendu. Pourrons-nous y aller plus tard?

Karine adresse un sourire à son amie. Les deux fillettes partagent un merveilleux secret. Elles ont aidé les fées des animaux pendant toute la semaine!

Le méchant Bonhomme d'Hiver a enlevé les sept animaux magiques des fées des animaux, mais ils ont réussi à s'échapper dans le monde des humains. Karine sait très bien ce qu'espère Rachel : aujourd'hui, il se peut qu'elles trouvent un autre animal magique dans le Coin des animaux de compagnie!

LE ROYAUME DES FÉES
N'EST JAMAIS TRÈS LOIN!

Dans la même collection

Déjà parus :
LES FÉES DES PIERRES PRÉCIEUSES

India, la fée des pierres de lune

Scarlett, la fée des rubis

Émilie, la fée des émeraudes

Chloé, la fée des topazes

Annie, la fée des améthystes

Sophie, la fée des saphirs

Lucie, la fée des diamants

LES FÉES DES ANIMAUX

Kim, la fée des chatons

Bella, la fée des lapins

À venir :

Gabi, la fée des cochons d'Inde

Laura, la fée des chiots

Hélène, la fée des hamsters

Millie, la fée des poissons rouges

Patricia, la fée des poneys